奶奶马丁

第四集

袁文静 / 编文　李陈晨 / 绘图

这……这有什么稀奇，我乡下的房子也装上门铃了。

马丁，快起床，奶奶看你来了！

爸爸小时侯也喜欢赖床的吧？

嘘——让他多睡一会儿吧！

爸爸？

哦，我是说马丁的爸爸，也就是你……我的儿子你呀！

妈妈，快吃早饭吧，我们还要赶着上班呢。

上班上班就知道上班，也不关心乡下的奶奶……就是我！

?!

我们整天都忙啊！

我去叫醒马丁，上课要迟到了。

你别、别上去，我去叫他！

我觉得这次妈妈有些怪怪的。

年纪大了，就有点儿语无伦次嘛！

咳！！

咳！

不好了，马丁生病了！

他怎么了？

我去看看！

不要紧，大概感冒了，唉，你们也关心关心孩子啊！

算了，你们还是快上班吧，我在家照顾马丁。

郭莫，罗娜早！

妈妈说她去开家长会，正好我可以不用去挨训了。

老奶奶，你是谁？

你怎么知道我们的名字？

我是马丁的奶奶，刚从乡下来。马丁经常说起你们。

你们等着，我下来开门。

马丁经常说什么？奶奶您快说呀！

马丁还在睡懒觉？上课要迟到啦！

马丁经常夸你漂亮、心好……

马丁今天感冒了，不能去上学，这是请假条。

奶奶来家里，总是把屋子收拾得干干净净，我现在是奶奶呀！

我要做家务啦，不能陪你玩啦！

哎，做奶奶还要做家务......

咚！

啦啦啦~

您来得正好，你看，又是这个捣蛋的马丁把学校……

我……以后改正。

不是要你改正，是要马丁改正，你就是太溺爱孩子了，他今天还逃学了！

我们家的马丁是个好孩子！今天他就在家里打……

在家里打什么呀？

打扫……

在……打针！今天他感冒了，所以没来上课！

各位再见！

?!

马丁也去参加家长会了？

什么家长会？我刚从汽车站来呀！

怎么？马丁不见了？

你看见马丁吗？马丁找不到了，他还感冒着呢！

我的宝贝孙子啊！你们还不快去找啊！

妈妈一定是得了老年健忘症了！

妈妈，人再找不到的话，我要去警察局报案了。

哗～

有了，我想到一个地方！

在哪里，妈妈！

以前马丁挨你训，感到委屈的时候，就到那个地方去……

我们现在就去那里找找看。

……和青蛙说说话，散散心。

就是这里了。

咦，前面怎么竖着一面镜子？

嗯！

嗯！

怎么半年不见，马丁老成了这样？长得还跟我一样！

奶奶！

这是怎么回事?

这是马丁的一种特异功能,他还会变回去的!

你就是马丁?

郭莫说得没错,这就是您的孙子马丁。

我的宝贝孙子啊!

马丁说得对，我们要经常关心关心老人……

对，我们还要多关心孩子的内心世界。

到底是我的孙子，长得跟我一模一样呢！

也有不像奶奶的，奶奶不会写请假条，瞧我写得多好，连董老师都相信啦！

老师：
今天打感冒

还吹呢，你的落款早就漏馅啦。

老师：

今天打感冒，请假一天。

我的奶奶

哈哈!!

哈哈!

神枪手马丁

第五集

蔡悦 / 编文　李珏等 / 绘图

今天,你们一定要让我玩得开心,因为对我来说今天是个特殊日子。

什么特殊日子?

是啊,你们猜一猜?

该死,我都忘了,连礼物都没有送她!

神枪手的游戏!1元钱一枪,枪枪有大奖!

乖乖兔,乖乖兔,好可爱!

正好,送给罗娜的礼物有了!

来,我要让你们瞧瞧神枪手的厉害!

你不是说变成神枪手了吗？怎么枪法这么臭？

哼！你带钱了吗？

就带了五块钱，那可是我的午餐费，我不给！

不是给，我是借！一会保证还你！

马丁，你要是再输的话，我的肚子会有意见的。

马丁，我相信你！

罗密欧，你有这招本事吗？

要不要也来较量较量？

小神枪手，你就挑一个大奖吧！

钱是你出的，你来挑一个吧！

真的？

我就要那只乖乖兔！

慢！！！

慢！那只兔子是特等奖，你还没有资格拿！

啊！！

一个小鸡！

怎么才能拿到特等奖？

你不是神枪手吗？当然还是比射击啊！

行啊！

马丁，给。

慢！我要问明白，还是要射气球吗？

我们换换花样吧！

你要把五根蜡烛的火都打灭了，而蜡烛不倒下就算你赢了！

给我装子弹！

不对不对！这五根蜡烛应该是横放的，刚刚不算！

赖皮！赖皮！马丁别理他！

他是神枪手嘛，应该有办法！

你是说只能射一枪吗？

一枪，当然是一枪啦！

好的，我去办。

啊！！！

气枪是枪，水枪也是枪啊！

精彩啊！太精彩啦！真是神枪手啊！

啊！！！

哈哈！！

美人鱼马丁

第六集

朱艳琴 / 编文　岳书馨 / 绘图

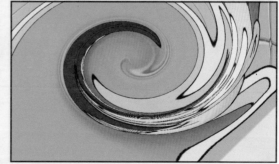

这里是什么地方？

太好了！今天我变成人鱼啦！

海底世界真好玩！

这可比水族馆里好玩多啦！

郭莫！罗娜！
我是马丁呀！

啊！

你们也是来看结婚船队的吧？

什么船队？

哈哈，连这样重要的新闻也不知道！

就是王子结婚的船队呀！

我差点儿忘了！

我们别光顾着高兴，还有重要任务呢！

是下周举行的游泳比赛吗？我准拿全校冠军！

你一定看过《美人鱼》？

看过，她为了爱王子，忍住痛变成了人类。

我也看过，后来王子娶了别人，美人鱼变成了泡沫，真可惜。

我们要找到海公主，不让她变成泡沫！

我叫大海，它是小海。

我叫马丁，请问海公主在哪里？

海公主有好几个呢。

是最小的海公主。

她去找海巫婆啦，听说去要一种什么药！

我们赶快去找海巫婆！

赶在小公主前面，别让海公主喝药！

童话书上说，这里有一块冒热泡的烂泥地。

瞧，那就是海巫婆的家，我可不愿意去！

卟~

您好,老奶奶,海公主……

海公主已经离开了,她美妙的声音归我啦!哈哈哈哈……

我们也想变成人类,能喝你的药吗?

你们有美妙的声音和我交换吗?

把你的MP3给她!

那是我新买的……

啊!声音太美妙了!拿去吧!

我们兵分两路，我去找王子，你们去找公主！

王宫里这么多房间，海公主住哪一间呢？

海公主来自大海，她的房间一定面对大海！

海公主吗？
是海祖母叫我们
来看你的！

我也很想念
祖母呀！

嘘，小声点。

你别犯愁，马丁
会向王子说明真相，
和你结婚的！

马丁？

找我有什么事吗？

我来自大海，要告诉你一个惊天大秘密！

亲爱的王子，你要成亲了？

你怎么知道的？

那一天，你的船遇到了暴风雨，是海公主救了你.

她因为爱你，喝下了海巫婆的药水，变成你的哑巴奴隶，来到你身边．

如果你不和她结婚，海公主就会变成泡沫……

你撒谎，救我的是邻国的公主。

不！救你的是海公主！

他们说的都是真的？

嗯！

太好了，我要和救我的海公主结婚啦！

我去和父王说，新娘就在身边，不用去迎亲了。

我长得难看，就没我的份啦！

马丁，你做我们的证婚人。

父王，孩儿要和海公主结婚，不和邻国公主结婚了！

啊！

这关系到我国和邻国利益的结合，决不能变！

可是父王……

不用多说了，罗密欧，你立刻带王子上船迎亲！

国王息怒！这事我来摆平。

恭喜王子殿下，国王已经答应您的请求了，请您回宫吧。

士兵！快带马丁他们去休息！

我们的计划终于成功啦！

这不会是个圈套吧？

哼哼，算你聪明，把他们捆起来！

罗密欧你是个大骗子!

等我回来再收拾你们!

马丁,我们快逃出去,才能救海公主。

唉!要是没有变人类多好啊!

大海你真混帐!为什么挡住我的路!!!

嗖

谢谢大海、小海!

到下面船舱里去看看。

快！

我杀了你，然后说是海盗干的，国王一定相信！

啊！！

罗密欧要谋害王子！

不许动！

图书在版编目（CIP）数据

马丁的早晨.2:续编/漫工场编绘.
—上海：上海人民出版社,2006
ISBN 7 - 208 - 06369 - 9

Ⅰ.马…　Ⅱ.漫…　Ⅲ.动画:连环画-作品集-中国-现代
Ⅳ. J228.7

中国版本图书馆 CIP 数据核字(2006)第 070534 号

形象授权　今日动画

策划制作　上海漫工场文化传媒有限公司

总 策 划　赵为群

文本创作　蔡　悦　袁文静　朱艳琴

图画绘制　李陈晨　李　钰　岳书馨

责任编辑　邵　敏

装帧设计　赵为群

电脑制作　金　慧　赵　新

马丁的早晨·续编 2

漫工场 编绘

世纪出版集团
上海人民出版社出版
(200001　上海福建中路 193 号　www.ewen.cc)
世纪出版集团发行中心发行
上海精英彩色印务有限公司印刷
开本 889×1194　1/24　印张 3
2006 年 7 月第 1 版　2006 年 7 月第 1 次印刷
印数 1—20,100
ISBN 7 - 208 - 06369 - 9/G·1083

定价 10.00 元